Le marchand d'éponges

En BD

Collectif
Paroles de Poilus, Librio n° 798
Paroles de Verdun, Librio n° 893
Paroles d'étoiles, Librio n° 923

Philippe Geluck
Le Chat, Librio n° 640
Le retour du Chat, Librio n° 675
La vengeance du Chat, Librio n° 946
Le quatrième Chat, Librio n° 947

Les aventures extraordinaires d'Adèle Blanc-Sec
Le savant fou, Librio n° 538
Le secret de la Salamandre, Librio n° 563
Le noyé à deux têtes, Librio n° 573
Tous des monstres !, Librio n° 646

Fred Vargas, en Librio

Salut et liberté suivi de *La nuit des brutes*, Librio n° 547
Petit traité de toutes les vérités sur l'existence, Librio n° 586
Critique de l'anxiété pure, Librio n° 958

Edmond Baudoin
d'après « Cinq francs pièces »,
de Fred Vargas

extrait du recueil Coule la Seine *paru aux éditions*
Viviane Hamy (2002)

Le marchand d'éponges

Librio
Album Inédit

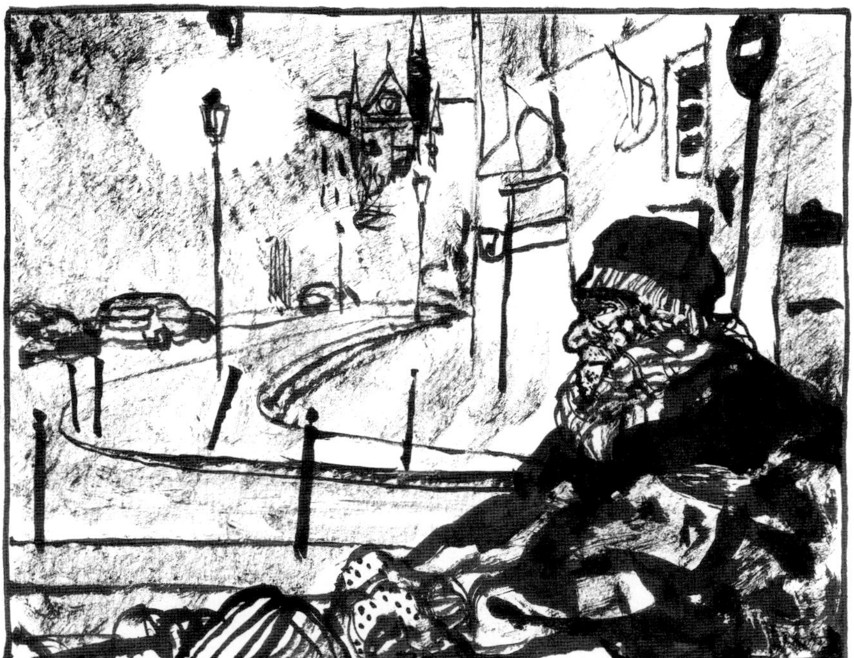

C'était fini, il n'en vendrait plus une seule ce soir. Trop froid, trop tard, il était presque vingt-trois heures à la place Maubert. Son foutu chariot de supermarché n'était pas un instrument de précision. Il fallait toute la force des poignets pour le maintenir dans le droit chemin. C'était buté comme un âne, ça roulait de travers, ça résistait. Il fallait lui parler, l'engueuler, le bousculer, mais comme l'âne, ça permettait de trimballer une bonne quantité de marchandises. Buté, mais loyal. Il avait appelé son caddie Martin, le nom d'un âne du village de son enfance.

L'homme gara son chariot auprès d'un poteau et l'attacha avec une chaîne, à laquelle il avait accroché une grosse cloche. Gare au fumier qui voudrait lui piquer son chargement d'éponges pendant son sommeil.

Des éponges, s'il en avait vendu cinq dans la journée, c'était le bout du monde. Cinq euros, plus les huit d'hier. Enroulé dans son duvet il se coucha sur la bouche du métro, s'enroula bien serré. Jamais il n'aurait laissé Martin seul dehors. Un animal, cela demande des sacrifices.

L'homme se demanda si son arrière-grand-père, quand il allait en ville avec son âne, était obligé de coucher près de sa bête.

Ensuite l'homme se rappela qu'il n'avait pas eu d'arrière-grand-père, puis il se dit que ce n'était pas une raison pour ne pas y penser.

Que pouvait bien transporter l'âne de son arrière-grand-père ?

son Martin à lui transportait des éponges, des milliers. Quand il avait découvert cette mine d'éponges à l'abandon dans un hangar de Charenton, il s'était cru sauvé.

9 732 éponges végétales, il les avait comptées, il était calé pour les chiffres, c'était de naissance.

Un euro par éponge vendue, total 9 732 euros.

Mais depuis quatre mois qu'il transvasait ses éponges depuis le hangar de Charenton jusqu'à Paris et qu'il poussait Martin dans toutes les rues de la capitale, il en avait vendu exactement 512.

Mais ses éponges, tout le monde s'en foutait.

L'homme calculait le pourcentage de Parisiens acheteurs d'éponges. Un taxi s'arrêta à sa hauteur, un manteau de fourrure blanche en sortit.

MERDE ! JE LE SENS PAS CELUI-LÀ !

Le vendeur d'éponges s'était écrasé aussi plat que possible sur la bouche de métro. Un vieux tas de fringues abandonnées dans le froid, c'était tout ce que l'assassin avait vu de lui, s'il l'avait seulement vu.

Et pour une fois, cette atroce transparence qui échoit aux sans-grade lui avait sauvé la peau.

Il s'approcha de la femme, se pencha vers elle.

Il s'agenouilla, ramassa le sac à main et l'ouvrit. Des lumières s'allumaient aux fenêtres. Il jeta le sac et courut vers son caddie. Les flics n'allaient pas tarder à arriver. Fébrilement il fouilla dans ses poches à la recherche de la clef de son antivol.

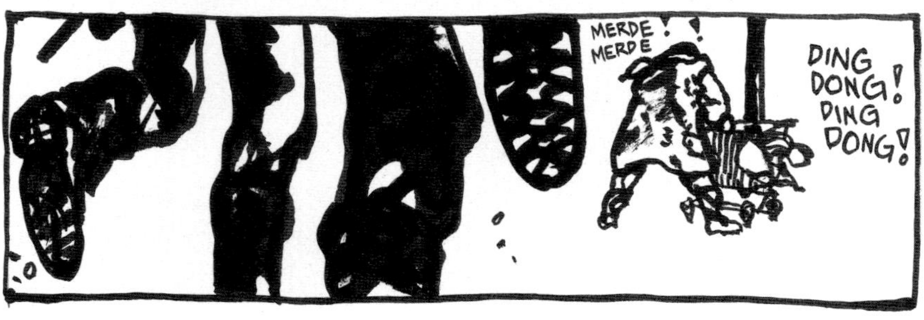

Dans la demi-heure qui suivit, l'homme eut l'impression d'être sur une bascule. D'un côté il était un type important, le seul témoin de la tuerie. D'un autre il n'était qu'un vieux tas de frinques récalcitrant et on le secouait, on le menaçait.

Le caddie avait été garé dans la cour du commissariat entre deux grosses voitures, sous l'œil inquiet du propriétaire.

Les téléphones avaient beaucoup sonné, il y avait des empressements, des consignes, des ordres. Une agitation générale parce qu'une femme en fourrure s'était fait descendre.

Sûr que si ça avait été Monique, il n'y aurait pas dix flics en train de courir d'un bureau à l'autre comme si tout le pays basculait à la mer.

La moitié de la capitale réveillée pour cette petite femme qui n'avait jamais pressé une éponge.

Le flic s'était présenté, commissaire principal Jean-Baptiste Adamsberg. Il était parti, pas loin, derrière.
Il était maintenant devant lui.

Et ce flic le regardait, comme s'il essayait de deviner toute sa vie sans rien lui demander.

ÇA DEVAIT ÊTRE "PIERRE" ?
IL NE RESTAIT QUE "PI". MA MÈRE AVAIT PEUT-ÊTRE ÉCRIT "PI".
BIEN, "PI".
"PI", ÇA FAIT LONGTEMPS QUE VOUS VIVEZ DEHORS ?
AVANT J'ÉTAIS COUTELIER, J'ALLAIS DE VILLE EN VILLE, ENSUITE J'AI VENDU DES BÂCHES, DES POMPES À VÉLO, DES CHAUSSETTES EN FIL. À QUARANTE-NEUF ANS, J'ÉTAIS SUR LE TROTTOIR, AVEC UN STOCK DE MONTRES DE PLONGÉE GORGÉES D'EAU.
ÇA FAIT LE DIXIÈME HIVER.
Y A DU GRABUGE, PAS VRAI ?
UN GRABUGE COMME VOUS N'AVEZ PAS IDÉE. TOUT REPOSE SUR VOUS, SUR CE QUE VOUS ALLEZ NOUS DIRE.
EST-CE QU'IL Y AURAIT UN PAREIL GRABUGE, SI C'ÉTAIT MONIQUE ?
QUI EST MONIQUE ?

MONIQUE !
C'EST LA DAME DE MON KIOSQUE. ELLE ME LAISSE LIRE LES NOUVELLES.
TOUS LES MATINS, À LA CONDITION DE NE PAS OUVRIR LE JOURNAL JUSQU'À LA PLIURE. CE QUI FAIT QUE JE CONNAIS DU MONDE QU'UNE MOITIÉ LONGITUDINALE SANS JAMAIS ATTEINDRE AU COEUR.
VOUS AVEZ RAISON.
POUR MONIQUE, CE NE SERAIT PAS LE MÊME GENRE DE GRABUGE. CE SERAIT UN GRABUGE TOUT CE QU'IL Y A DE DISCRET.

POUR MONIQUE IL Y AURAIT EU UNE PETITE ENQUÊTE. PAS DEUX CENTS TYPES QUI ATTENDENT DE SAVOIR CE QUE VOUS AVEZ VU.
ELLE?
ELLE, ELLE NE M'A PAS VU.
LA FEMME EN FOURRURE. ELLE A FAIT LE TOUR DE MOI COMME D'UN TAS DE MERDE. ALORS POURQUOI JE L'AURAIS VUE, MOI? DONNANT, DONNANT.
VOUS NE L'AVEZ PAS VUE?
JUSTE UN TAS DE FOURRURE BLANCHE.
IL Y A VOS EMPREINTES SUR LE SAC À MAIN DE LA FOURRURE BLANCHE.
J'AI RIEN PRIS DEDANS.
MAIS VOUS VOUS ÊTES APPROCHÉ D'ELLE APRÈS LA FUSILLADE. VOUS AVEZ ÉTÉ VOIR.
ET APRÈS? ELLE EST DESCENDUE D'UN TAXI, A CONTOURNÉ UN TAS DE MERDE, UN TYPE EST ARRIVÉ EN BAGNOLE, A TIRÉ TROIS COUPS DE FEU DANS LE TAS DE FOURRURE ET BASTA. J'AI RIEN VU D'AUTRE.

Adamsberg se leva, fit quelques pas dans le bureau.
TU NE VEUX PAS AIDER, C'EST CELA ?
VOUS ME TUTOYEZ ?
LES FLICS TUTOIENT. ÇA AUGMENTE LE RENDEMENT POLICIER.
À CE COMPTE-LÀ, JE POURRAIS TUTOYER AUSSI ?
TOI, TU N'AS AUCUNE RAISON DE LE FAIRE. TU N'AS PAS DE RENDEMENT, PUISQUE TU NE VEUX RIEN DIRE.
VOUS ALLEZ ME COGNER DESSUS ?
Adamsberg haussa les épaules. Il s'adossa au mur, le regarda. Le type était assez amoché, par le manque, par le froid, par le vin, qui lui avaient labouré le visage. Sa barbe encore à moitié rousse, sûrement taillée avec des ciseaux, ses yeux bleus expressifs et rapides donnaient envie à Adamsberg de discuter avec lui un bon petit moment, comme deux vieilles connaissances dans un wagon de train.
ON PEUT FUMER ?

Adamsberg chassa toute interdiction avec un geste de la main, il acquiesça. Pi tira une cigarette de la poche de sa veste.

C'EST QUELQU'UN D'IMPORTANT, PAS VRAI ?
QUELQU'UN DE PLACÉ TOUT LÀ-HAUT, PAS LOIN DU MINISTÈRE DE L'INTÉRIEUR. D'OÙ LE GRABUGE.
EH BEN, CE N'EST PAS LE MIEN, JE M'EN BALANCE DU MINISTÈRE ET JE M'EN BALANCE DE LEUR GRABUGE. MOI MON GRABUGE, C'EST DE VENDRE 9732 ÉPONGES. ET PERSONNE N'EN A RIEN À FOUTRE, DE MES ÉPONGES. ET PERSONNE NE ME FILE UN COUP DE MAIN. ET PERSONNE TOUT LÀ-HAUT, NE SE DEMANDE COMMENT ON POURRAIT BIEN FAIRE POUR QUE JE NE ME GÈLE PAS LES COUILLES À LONGUEUR D'HIVER. ET MOI, IL FAUDRAIT QUE JE LES AIDE ? QUE JE FASSE LEUR BOULOT ET QUE JE LES PROTÈGE ? ET QUI C'EST QUI A LES ÉPONGES SUR LE DOS, C'EST EUX OU C'EST MOI ?
VAUT PEUT-ÊTRE MIEUX AVOIR 9732 ÉPONGES SUR LE DOS QUE TROIS BALLES DANS LE CORPS.

OUAIS, BEN C'EST PAS CERTAIN, DES SOIRS.
ET PUIS VOUS VOULEZ QUE JE VOUS DISE, COMMISSAIRE ? OUI, J'AI VU DES TRUCS. OUI J'AI VU LE GARS TIRER, OUI J'AI VU SA BAGNOLE !
JE SAIS DÉJÀ QUE TU AS VU TOUT ÇA, PI.
OUAIS ?
OUAIS. QUAND ON EST DEHORS, ON SURVEILLE TOUT CE QUI S'APPROCHE, SURTOUT AU MOMENT DE S'ENDORMIR.
EH BIEN VOUS LEUR DIREZ, TOUT LÀ-HAUT LÀ-HAUT, QUE TOUSSAINT PI, IL A LES ÉPONGES À VENDRE, ET IL A AUTRE CHOSE À FAIRE QUE DÉPANNER LES FEMMES EN MANTEAU BLANC.
ET LES FEMMES TOUT COURT ?
C'EST PAS UNE FEMME TOUT COURT.

Adamsberg traversa le bureau, s'arrêta devant Pi, les mains enfoncées dans ses poches.

Pi se tut et Adamsberg se rassit. Après un temps de silence, il se leva à nouveau.

Ils sortirent.

Sur le quai désert de la station Cardinal Lemoine, direction Austerlitz, Adamsberg marchait à pas lents en silence, tête baissée. Pi essayait de se mettre à son rythme, car ce flic, quoique flic, était tout de même un type de bonne compagnie. Et la compagnie est ce qu'il y a de plus rare quand on pousse son chariot. Adamsberg regardait une souris courir entre les rails.

C'EST DE NAISSANCE. AU HASARD, LE BOUTON, LÀ, VOUS AVEZ IDÉE DE SA CIRCONFÉRENCE ?
Adamsberg haussa les épaules.
JE NE SAIS PAS SI J'AVAIS REMARQUÉ CE BOUTON.
MOI SI.
ET CE BOUTON, JE DIRAIS QU'IL FAIT CINQUANTE ET UN MILLIMÈTRES DE TOUR.
Adamsberg s'arrêta de marcher : ET ÇA AVANCE À QUOI ? demanda-t-il.

Pi secoua la tête.

VOUS NE POUVEZ PAS VOUS FAIRE UNE IDÉE DE TOUT CE QUE JE SAIS. PARCE QUE PI ÇA FONCTIONNE AVEC N'IMPORTE QUEL ROND. C'EST UN GREC QUI A TROUVÉ ÇA DANS LE TEMPS. C'ÉTAIENT DES MALINS, LES GRECS. TA MONTRE, TU VEUX SAVOIR LE TOUR DE TA MONTRE SI DES FOIS ÇA T'INTRIGUE ? LA ROUE DE TON CHARIOT, LE TOUR DE TA TÊTE, LE TAMPON DE LA MAIRIE, LE TROU DE TA CHAUSSURE, LE MILIEU DE LA PÂQUERETTE, LE CUL DE LA BOUTEILLE, LA PIÈCE D'UN EURO, TON VERRE DE PINARD, SI TU VEUX SAVOIR QUELLE CIRCONFÉRENCE T'AS BUE ? LE MONDE, IL EST FAIT QUE DE RONDS. VOUS Y AVEZ PENSÉ, À ÇA ? EH BIEN MOI, PI, JE LES CONNAIS TOUS, CES RONDS. POSEZ-MOI UNE COLLE SI VOUS NE ME CROYEZ PAS.
π
LA PÂQUERETTE ?

AVEC LES PÉTALES OU JUSTE LE COEUR JAUNE ?
LE CŒUR.
je t'aime, un peu, beaucoup, à la
DOUZE MILLIMÈTRES VINGT-QUATRE. ON PARLE DÉJÀ D'UNE ASSEZ GROSSE PÂQUERETTE.

PI fit une pause, le temps que l'information soit appréciée à sa pleine valeur.

OUAIS, reprit-il en hochant la tête. C'EST MA DESTINÉE. ET C'EST QUOI, LE PLUS GRAND ROND, LE ROND ULTIME ?

AH BON ? ELLE AUSSI, ELLE A PERDU SON NOM ?
OUI. IL NE LUI EN RESTE MÊME PAS LE DÉBUT.
BEN, ON VA LUI DONNER UN NOMBRE ALORS, COMME À MOI, DIRE "LA FEMME" C'EST PAS CHARITABLE. "4.21", ON VA L'APPELER, PARCE QUE, ELLE, ELLE A TIRÉ LE GROS LOT.
SI TU VEUX. DISONS 4.21.
Adamsberg conduisit Pi à un petit hôtel situé à trois rues du commissariat. Il rejoignit son bureau à pas lents.

Dans son bureau, un émissaire du ministère l'y attendait depuis une demi-heure, ulcéré. Adamsberg le connaissait, c'était un jeune type brillant, offensif et trouillard.

JE QUESTIONNAIS LE TÉMOIN, dit Adamsberg en déposant son blouson en tas sur une chaise.

ON N'A PAS LE TEMPS DE SE DISTRAIRE, COMMISSAIRE, JE PENSE QU'ON VOUS L'A BIEN FAIT COMPRENDRE ?
LE TYPE EST DIFFICILE ET IL A DES RAISONS DE L'ÊTRE. MAIS IL SAIT DES TAS DE CHOSES.
IL Y A URGENCE, J'AI DES ORDRES. ON NE VOUS A PAS ENSEIGNÉ QUE N'IMPORTE QUE TYPE "DIFFICILE" SE TRAVAILLE EN MOINS D'UN QUART D'HEURE?
SI.
QU'EST CE QUE VOUS ATTENDEZ ?
DE L'OUBLIER.
VOUS SAVEZ QUE JE PEUX VOUS ENLEVER L'AFFAIRE ?
CE N'EST PAS EN LUI COGNANT DESSUS QUE LE FEREZ PARLER.

Le sous-secrétaire posa son poing sur la table :
ALORS COMMENT ?

ÇA NE COLLERAIT PAS, dit tranquillement Adamsberg. IL VEUT VENDRE SES ÉPONGES! LUI-MÊME.

Le sous-secrétaire se pencha vers Adamsberg.

— DITES-MOI, COMMISSAIRE, EST-CE QUE PAR HASARD LES ÉPONGES DE CE GARS VOUS INQUIÉTERAIENT PLUS QUE LA SAUVEGARDE...

— ... DE 4.21, compléta Adamsberg. C'EST SON NOM DE CODE ICI. ON NE PRONONCE PAS SON VÉRITABLE NOM.

— OUI, C'EST MIEUX, dit le sous-secrétaire en baissant la voix.

— J'AI UNE SORTE DE SOLUTION, dit Adamsberg. POUR LES ÉPONGES ET POUR 4.21.

— QUI MARCHERAIT ?

Adamsberg hésita. PEUT-ÊTRE. JE VAIS MARCHER UN MOMENT AVEC CETTE IDÉE.

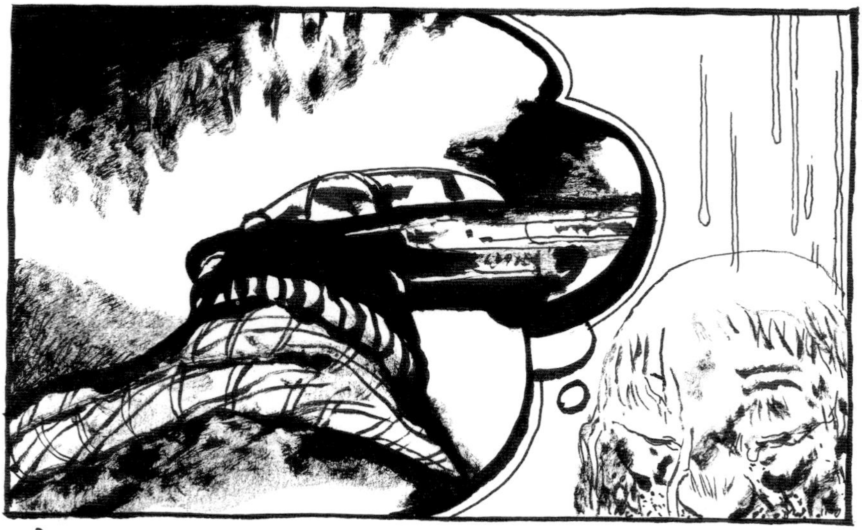

À sept heures trente du matin, le commissaire frappa à la porte de la chambre de Toussaint Pi. Le vendeur d'éponges était debout, et ils descendirent au bar de l'Hôtel.

Adamsberg commanda les cafés, lui tendit la corbeille de croissants.

IL Y AVAIT UNE SACRÉE DOUCHE DANS MA CHAMBRE. VINGT-SIX CENTIMÈTRES DE CIRCONFÉRENCE DE JET, À LA RACINE. ÇA VOUS FOUETTE UN HOMME. ELLE VA COMMENT ?
QUI ?

EH BIEN, 4,21.
LE CHOC.
ELLE S'EN SORT. ELLE EST SURVEILLÉE PAR CINQ FLICS. ELLE NE SE SOUVIENT DE RIEN.
RESTA
OUI.
J'AI EU UNE SORTE D'IDÉE CETTE NUIT.
ET MOI, J'AI EU UNE SORTE DE RENDEMENT

Pi mordit dans son croissant puis fouilla dans la poche de son pantalon. Il posa un papier plié en quatre sur le comptoir.

PAS DE QUOI.
MERCI, PI.
JE VAIS DEHORS, TÉLÉPHONER.

Adamsberg revint dans le café quelques minutes plus tard.

Pi fit une grimace, avala une gorgée de café.

PLUS LA PEINE. VOUS AVEZ LES INFOS MAINTENANT. C'ÉTAIT UNE BONNE IDÉE?
UNE IDÉE BIZARRE.
UNE RUSE DE FLIC?
UNE RUSE D'HOMME : DONNE QUELQUE CHOSE EN ÉCHANGE DES UN EURO.
BEN ILS ONT L'ÉPONGE ! DITES DONC, VOUS ME PRENEZ POUR UN MALHONNÊTE ?
ELLES SONT POURRIES TES ÉPONGES.
POUR CE QU'ON EN FAIT, HEIN ? LES ÉCRABOUILLER DANS DE L'EAU SALE. C'EST PAS ENVIABLE D'ÊTRE UNE ÉPONGE.
TU DONNES UNE ÉPONGE ET AUTRE CHOSE.

Pi fronça les sourcils.

À QUOI ÇA LES AVANCERA, VOUS VOULEZ ME DIRE ?
ÇA LEUR DONNERA UN PEU D'EXISTENCE, C'EST DÉJÀ PAS MAL.
PARCE QU'ILS L'ONT PAS, ÇA, LES GENS ?
PAS TANT QUE TU TE FIGURES.
JE SAIS PAS SI C'EST UNE IDÉE À LA CON OU SI C'EST...
MOI NON PLUS.
ET VOUS CROYEZ QUE JE POURRAI METTRE MON NOM AUSSI ? QUAND LE MUR SERA FINI ?
SI ÇA TE CHANTE. MAIS FAUDRA PAYER L'ÉPONGE. C'EST ÇA LE TRUC.
ÉVIDEMMENT. VOUS ME PRENEZ POUR UN ARNAQUEUR ?

Pi réfléchit pendant qu'Adamsberg payait la note.

— C'EST À L'ÉTAT, ÇA ?
— ILS N'ONT PAS VOULU ME DONNER LE TROCADÉRO.
— TU PENSES.
— TANT QU'ON PEUT PEINDRE DESSUS.
— OUI. UN MUR VAUT UN MUR.
— JE COMMENCE QUAND ?
— TU AURAS LA PEINTURE ET L'ÉCHELLE DEMAIN.
— JE PEUX CHOISIR LES COULEURS ?
— T'ES MAÎTRE À BORD.
PTE DE LA CHAPELLE
BEN, ALORS, C'EST TOUT BIEN...
QU'EST-CE QUI TE SOUCIE ?

Les deux hommes se serrèrent la main, puis Adamsberg s'éloigna lentement, quand Pi l'interpella.

DESSINER LA VILLE

des questions qu'elle me pose.

par Edmond Baudoin

"LES QUATRE FLEUVES"
SCÉNARIO
FRED VARGAS
chez
VIVIANE HAMY

C'EST RARE QUE JE DESSINE DES PAYSAGES URBAINS.

C'EST RARE QUE JE DESSINE PARIS.

POURTANT JE NE DÉTESTE PAS ESSAYER DE "DIRE" LA VILLE AVEC UN PINCEAU. ET AVEC FRED VARGAS C'EST OBLIGATOIRE.
COMMENT "DIRE" LES TOITS, LA BANLIEUE, LES RUES ?

LE MÉTAL DES VOITURES
?
JE VOUDRAIS QUE
L'ON SENTE LES
EMOTIONS QUE J'ÉPROUVE
DANS LES CITÉS.
QUE L'ON ENTENDE
LES BRUITS, JUSTE EN
REGARDANT LES DESSINS.

ENTENDRE UNE MOTO QUI PÉTARADE.

COMMENT MONTRER QU'ON PEUT RESPIRER UNE VILLE ?

ET MONTRER QU'ELLE PEUT NOUS ÉTOUFFER D'ENNUI. C'EST DES QUESTIONS QUI ME PLAISENT. QUE J'ESSAIE DE RÉSOUDRE ET AVEC LESQUELLES, NATURELLEMENT, JE NE FAIS QU'ESSAYER.

PEINDRE LA SOLITUDE.

LA MENACE.

Pour les "Quatres fleuves" Fred Vargas m'a fait ainsi me promener dans Paris.

Pour le "marchand d'éponges" elle m'a même fait descendre dans le métro.

CE N'EST PAS COMME PEINDRE LA MER.
MAIS PEINDRE LA MER C'EST IMPOSSIBLE AUSSI.

POURQUOI L'ÊTRE HUMAIN MARCHE-T-IL DANS LES VILLES ?
POURQUOI ENSUITE ESSAIE-T-IL DE LES DIRE ?

DANS "LES QUATRE FLEUVES" IL Y A AUSSI DES PAYSAGES.

MERCI FRÉDÉRIQUE.

Librio

980

Composition Nord Compo
Achevé d'imprimer en France par l'imprimerie Vincent
en juillet 2010 pour le compte de E.J.L.
87, quai Panhard-et-Levassor, 75013 Paris
Dépôt légal juillet 2010
EAN 9782290027189

Diffusion France et étranger : Flammarion